P.-C.-E. V

Essai sur le tétanos

Sujet supplémentaire. Thèse présentée et publiquement soutenue à la Faculté de Médecine de Montpellier, le 19 juin 1838, pour obtenir le grade de docteur en médecine.

P.-C.-E. Viton

Essai sur le tétanos

Sujet supplémentaire. Thèse présentée et publiquement soutenue à la Faculté de Médecine de Montpellier, le 19 juin 1838, pour obtenir le grade de docteur en médecine.

Réimpression inchangée de l'édition originale de 1838.

1ère édition 2024 | ISBN: 978-3-38509-509-0

Verlag (Éditeur): Outlook Verlag GmbH, Zeilweg 44, 60439 Frankfurt, Deutschland
Vertretungsberechtigt (Représentant autorisé): E. Roepke, Zeilweg 44, 60439 Frankfurt, Deutschland
Druck (Imprimerie): Libri Plureos GmbH, Friedensallee 273, 22763 Hamburg, Deutschland

QUESTIONS TIRÉES AU SORT.

N° 62.

2.

Quelle est l'action des matières animales sur les sels de mercure ?

Quelles sont les fonctions de la graisse et de la moelle ?

De l'opération de la saignée du bras et de ses accidents.

Des caractères anatomiques de la syphilis.

Sujet supplémentaire,

ESSAI SUR LE TÉTANOS.

THÈSE

PRÉSENTÉE ET PUBLIQUEMENT SOUTENUE A LA FACULTÉ DE MÉDECINE DE MONTPELLIER, LE 19 JUIN 1838,

PAR P.-C.-E. VITON,

NÉ A DOLE (JURA),

 Aide-Major à l'hôpital militaire de Bougie (Afrique);

POUR OBTENIR LE GRADE DE DOCTEUR EN MÉDECINE.

MONTPELLIER

Chez JEAN MARTEL aîné, Imprimeur de la Faculté de Médecine,
rue de la Préfecture, 10.

1838

A MON PÈRE BIEN-AIMÉ,

ET

A LA MEILLEURE DES MÈRES.

Tribut d'amour filial.

A MON FRÈRE,

Etudiant en médecine.

Amitié inaltérable.

P. VITON.

QUESTIONS TIRÉES AU SORT.

SCIENCES ACCESSOIRES.

Quelle est l'action des matières animales sur les sels de mercure?

Quand on met de la fibrine dans une solution aqueuse de deuto-chlorure de mercure, ce sel est décomposé. On remarque qu'il se forme sur-le-champ un précipité blanc de proto-chlorure de mercure, qui se combine en partie et intimement avec la matière animale; la liqueur rougit le sirop de violette au lieu de le verdir, et contient de l'acide hydro-chlorique.

Si l'on verse une très-grande quantité de sels mercuriels dans l'albumine, il se forme un précipité blanc, floconneux, qui se ramasse sur-le-champ : ce précipité, parfaitement lavé, se dissout lentement et en petite quantité dans un excès d'albumine.

Le deuto-chlorure de mercure, versé dans une dissolution d'osmazôme dans l'eau, donne un précipité jaune-rougeâtre, qui devient rouge par la dessiccation.

La dissolution de gélatine fait éprouver aux sels de mercure le même genre de décomposition que l'albumine, c'est-à-dire qu'elle les change en proto-chlorure de mercure qui se combine avec une portion de matière animale. Le bouillon, la bile, le lait, le sang et généralement toutes les substances animales ont la faculté de transformer le deuto-chlorure en proto-chlorure.

ANATOMIE ET PHYSIOLOGIE.

Quelles sont les fonctions de la graisse et de la moelle?

La graisse a plusieurs usages : 1° elle facilite le mouvement des organes par son onctuosité ; 2° peu conductrice du calorique, elle peut servir à préserver du froid, en s'opposant à la dispersion de la chaleur animale ; 3° elle paraît servir aussi à tenir en réserve une certaine quantité de matière alibile, pour les cas où les matériaux nutritifs ne viendraient pas assez tôt de leur source ordinaire ; 4° elle a, en outre, des usages appropriés à certains organes avec lesquels elle se trouve en rapport ainsi elle fournit à l'œil une sorte de coussinet qui s'accommode parfaitement à sa délicatesse et en favorise la mobilité ; elle donne aux paupières, où sa texture est plus fine, moins dense que partout ailleurs, des mouvements plus faciles et le moyen de mieux protéger l'œil contre l'impression des rayons lumineux pendant le sommeil ; elle procure un certain épanouissement à la face, et tout en humectant les nombreux filets nerveux qui s'y distribuent, elle les met à l'abri des tiraillements et des atteintes d'un grand nombre de lésions extérieures. Sa grande abondance aux fesses protège pendant la station assise les muscles fessiers, le grand nerf sciatique et les artères iliaque postérieure, ischiatique, etc.; elle remplit les mêmes usages, par rapport aux muscles, aux nerfs et aux vaisseaux des pieds, pendant la marche.

La moelle concourt à la nutrition des os et à diminuer leur fragilité ; du reste, ses usages ne sont pas encore bien connus.

SCIENCES CHIRURGICALES.

De l'opération de la saignée du bras et de ses accidents.

On ne doit jamais pratiquer la saignée du bras sans s'être assuré de la position de l'artère brachiale. Cela fait, on applique une ligature, deux ou trois travers de doigt au-dessus du pli du bras, afin de rendre les veines plus saillantes. L'opérateur soutient le coude avec la main qui n'est pas armée de la lancette, et place le pouce de cette même main au-dessous du point qui doit être piqué, afin de s'opposer à la fuite de la veine lorsque l'instrument l'atteindra.

On se sert de la main droite pour saigner au bras droit, et de la main gauche pour saigner au bras du même côté.

Les veines que l'on peut ouvrir au pli du bras droit sont, de dehors en dedans, la radiale, la médiane céphalique, la médiane basilique, la médiane commune, la cubitale. Les rapports de la basilique avec l'artère exposent à ouvrir celle-ci quand on choisit cette veine pour pratiquer la saignée, surtout si l'on ne serre pas assez la ligature, ou que l'on porte la pointe de la lancette trop profondément.

Les accidents de la saignée du bras sont : 1° une hémorrhagie artérielle ou un anévrysme faux primitif, quand l'artère est ouverte ; 2° l'anévrysme variqueux, lorsque l'ouverture faite à l'artère est petite et se confond avec celle de la veine, de manière que le sang peut passer continuellement de l'une dans l'autre ; 3° une névralgie provenant de la piqûre de quelque rameau appartenant au cutané interne ou au cutané externe ; 4° une phlébite ; 5° un thrumbus ; 6° une inflammation très-légère à l'endroit même de la piqûre, etc.

SCIENCES MÉDICALES. — *Des caractères anatomiques de la syphilis.*

Les symptômes de la syphilis sont la blennorrhagie, des chancres, des bubons, des condylomes, des verrues, des porreaux, des rhagades, des taches, des ulcères consécutifs, des périostoses, des caries, des nécroses, des douleurs ostéocopes, etc.

Les caractères anatomiques de la blennorrhagie sont les mêmes que l'on observe dans toutes les phlegmasies des membranes muqueuses : production de pseudo-membranes, injection et gonflement du tissu sous-muqueux, etc.

Les chancres sont des ulcérations qui reposent sur une surface plus ou moins dure, ils offrent des bords taillés à pic et un aspect grisâtre.

Les bubons sont des tumeurs qui, dans la syphilis primitive, attaquent les ganglions inguinaux, et dans la syphilis constitutionnelle, les ganglions cervicaux et axillaires ; cependant ces derniers peuvent être affectés primitivement, lorsque la contagion syphilitique se fait par la bouche ou par quelque point dénudé des membres supérieurs.

Les bubons ont pour caractères anatomiques des ganglions plus volumineux que dans l'état normal, et l'engorgement du tissu cellulaire qui les entoure.

Les condylomes, les verrues, les porreaux sont des excroissances qui ne diffèrent guère les unes des autres que par la forme ; elles sont composées de peau et d'un tissu cellulo-névroso-vasculaire.

Les rhagades sont des fentes ou des crevasses qui se font à l'anus, aux lèvres, aux mains et ailleurs, accompagnées souvent d'une rugosité ou d'une contraction de la peau qui les rend douloureuses et incommodes.

Les taches syphilitiques sont d'une couleur rouge de cuivre, peu élevées, rondes, dures, avec une marge calleuse.

Quant aux périostoses, à la carie et à la nécrose, elles n'ont aucun caractère anatomique spécial.

ESSAI
sur
LE TÉTANOS.

Avant-Propos.

Justement considéré comme une des affections les plus redoutables, le tétanos a été l'objet d'un si grand nombre d'écrits, que la science, à ne s'en tenir qu'à leur extrême multiplicité, peut paraître n'avoir plus rien à désirer sur ce point de pathologie. Mais il suffit, pour se convaincre que nous sommes loin d'être parvenus à ce degré de perfectionnement, d'examiner combien les auteurs diffèrent de manière de voir relativement aux causes et à la nature de cet état morbide, combien aussi sont inefficaces, dans la plupart des cas, les moyens que nous avons à lui opposer.

Loin de moi la prétention d'offrir quelque vue nouvelle et tant soit peu intéressante dans un pareil sujet! Mon seul but, quand j'en ai fait choix, a été de m'instruire et de remplir un devoir. N'ayant ni le loisir ni le talent de traiter quelqu'une des questions les plus relevées de la philosophie médicale, il m'a paru plus convenable de traiter une matière qui s'est maintes fois présentée à mon observation. Toute rebattue qu'elle puisse être, elle l'est certainement beaucoup moins que les questions qui me sont échues par le sort, et elle a, ce me semble, une tout autre importance. Du reste, il n'est pas facile d'innover, et sans dire avec La Bruyère que *tout est dit,* sans refuser ma foi au progrès, je ne suis pas éloigné de croire qu'il nous reste bien moins à découvrir qu'à faire revivre et à tâcher de mieux connaître une foule de choses depuis long-temps connues.

DU TÉTANOS.

> Le tétanos, si redoutable lorsqu'il survient spontanément ou bien à la suite de certaines irritations manifestes des viscères, devient un fléau quand il sévit sur les militaires blessés ; il moissonne les plus intrépides guerriers, après qu'ils ont versé leur sang pour la patrie. Ce mal dangereux est une des calamités de la guerre. De quel haut intérêt ne serait point la connaissance des moyens propres à le combattre !...
>
> FOURNIER PESCAY.

DÉFINITION.

On donne le nom de tétanos, mot dérivé de τεινω, *je tends, je contracte*, à une affection nerveuse spéciale, inconnue dans son essence, donnant lieu à une augmentation excessive de la contractilité musculaire, et par suite à des contractions involontaires fixes, avec des douleurs alternativement plus fortes et plus faibles de plusieurs muscles, quelquefois même de presque tout le système musculaire soumis à la volonté.

HISTORIQUE.

Le tétanos a été observé dès les temps les plus reculés : les médecins grecs lui donnèrent les premiers ce nom, pour exprimer l'un de ses symptômes les plus caractéristiques, le ton excessif des muscles.

Hippocrate en parle dans plusieurs de ses écrits, notamment dans le 3e livre du *Traité des maladies :* « Lorsqu'on a un tétanos, dit-il « dans cet ouvrage, les mâchoires sont roides comme du fer ; les « dents se rapprochent fortement les unes contre les autres, sans qu'il « soit possible d'ouvrir la bouche ; les yeux sont larmoyants et agités ; « le dos est roide, ainsi que les jambes et les bras qu'on ne peut « fléchir ; on souffre beaucoup ; on périt le troisième jour, ou le cin- « quième, ou le septième, ou le quatorzième ; si l'on vit au-delà, on « recouvre la santé. Il faut prendre de l'ellébore noir avec du poivre « dans un bouillon chaud de volaille, donner des sternutatoires forts « et vigoureux, faire des fumigations, et quand on les interrompt, « appliquer des fomentations grasses, tièdes, dans des vessies ou de

« petites outres, surtout aux parties affectées; oindre beaucoup et
« souvent, etc. »

En divers endroits il en signale les principales causes provocatrices,
telles que les plaies, l'air chaud et humide, la présence des vers dans
le tube intestinal. Quelques-uns de ses aphorismes sont également con-
sacrés au tétanos, et celui qui a le plus soulevé d'interprétations
diverses, c'est le 6e de la 5e section :

*Qui tetano corripiuntur intrà quatuor dies intereunt; si verò hos
superaverint, incolumes evadunt.*

L'opposition de ce pronostic avec le passage du 3e livre des *Maladies*,
où il est dit que les tétaniques peuvent périr le troisième, le cin-
quième, le septième ou le quatorzième jour, peut faire penser que ce
livre est un de ceux qui n'appartiennent pas réellement au père de la
médecine, quoique publiés sous son nom. Au surplus, il est à présumer que cette vérité, que le tétanos se montre d'autant plus curable
qu'il est plus éloigné de l'époque de son apparition, n'a point échappé
au coup-d'œil observateur de ce profond génie.

Les latins désignaient le tétanos sous les noms de *rigor* et de *distensio nervorum.*

Voici comment s'exprime Celse, en citant le froid comme l'une des
causes de cette affection. « *Frigus modò nervorum distensionem, modò
rigorem infert ; illud* σπασμός *græcè nominatur* (1).

Galien a décrit une maladie qui a de l'analogie avec le tétanos
quant à la forme, mais qui en diffère beaucoup par la nature : c'est le
catochus ou tétanos chronique de quelques auteurs. Cœlius Aurélianus,
Arétée et une foule d'autres auteurs parmi les anciens, sans avoir
écrit *ex professo* sur le tétanos, en ont dit assez pour prouver qu'ils
avaient pu l'observer maintes fois. Nous ignorons néanmoins si le
tétanos traumatique était plus commun de leur temps que depuis
l'usage des armes à feu. Il n'est point d'ouvrages généraux de médecine
et de chirurgie, à dater du xve siècle, où il ne soit fait mention de

---

(1) Lib. II, pag. 55.

l'affection morbide dont il s'agit. Fernel, Guy de Chauliac, Ambroise Paré, méritent d'être cités comme ceux qui, les premiers, nous en ont donné des notions plus exactes et des descriptions plus complètes.

Parmi les monologies sur le tétanos qui ont paru dans le dernier siècle, on doit mettre au rang des plus recommandables celles de Ledran, Hillary, Chalmers, Zanetti, Heurteloup, Jones, Laurent, etc.

Parmi les travaux de notre époque les plus riches en documents précieux sur le tétanos, on distingue surtout ceux de Fournier-Pescay, Dupuytren, Larrey, Percy, Blaquières, Liébaut, Lepelletier, M. Blizard, etc.

DIVISION.

Borné aux muscles des mâchoires, le tétanos prend le nom de *trismus*.

D'après les formes diverses que prennent les contractions, il a été divisé en *opisthotonos, emprosthotonos, pleurosthotonos* et tétanos tonique universel ou droit.

L'opisthotonos (*tetanos dorsalis* de Sennert, *distensio in posteriora* de Foës) est cet état tétanique dans lequel, les muscles extenseurs de la tête et du tronc l'emportant sur les fléchisseurs, le corps est incliné en arrière.

L'emprosthotonos (*raptus pronus* de Cœlius Aurelianus, *distensio in anteriora* de Foës) est l'état tétanique dans lequel les muscles fléchisseurs du tronc, se trouvant plus affectés que leurs antagonistes, entraînent le corps en avant.

Le pleurosthotonos (tétanos latéral de quelques auteurs) est l'affection tétanique dans laquelle les muscles placés sur les parties latérales du tronc, par l'effet d'une contractilité portée au plus haut degré, courbent latéralement le corps et le tiennent fixe dans cette position.

Ces trois divisions ont bien peu d'importance, attendu que les formes différentes qu'elles désignent dérivent d'une seule et même affection, et ne tiennent qu'à ce que les muscles les moins affectés cèdent au raccourcissement des muscles opposés; aussi les conserverons-nous uniquement parce qu'elles sont consacrées par l'usage.

Le tétanos que Cullen nomme *tonique* ou *universel*, est celui dans lequel tout le corps depuis les pieds jusqu'à la tête est droit, et dans un tel état de rigidité que, si on élève les pieds du malade lorsqu'il est couché, il se soutient uniquement sur l'occiput, de même qu'une statue.

Dans cette variété, le visage est fort rouge, la respiration est forte, fréquente, la chaleur considérable, le pouls fébrile et plein.

Considéré par rapport à sa durée et à sa plus ou moins grande intensité, le tétanos a été divisé en foudroyant ou très-aigu (*trismus siderans* d'Hippocrate) et simplement aigu. Quant au tétanos chronique, les auteurs qui en ont admis la possibilité, l'ont probablement confondu, soit avec le *catochus* de Galien, soit avec les contractures produites par de larges cicatrices, soit avec l'endurcissement du tissu cellulaire que l'on observe dans quelques cas de scorbut, etc.

Comment croire, d'ailleurs, qu'un spasme fixe puisse durer longtemps et d'une manière continue, sans que la tonicité musculaire s'épuise, ou sans qu'il intervienne quelque altération organique propre à faire intervenir un autre ordre de symptômes?

Relativement à sa simplicité et à ses complications ou à ses causes provocatrices les plus directes, le tétanos se distingue en simple ou purement spasmodique, fébrile, non fébrile, rémittent ou intermittent, inflammatoire, bilieux, vermineux, traumatique, hystérique, etc.

Le tétanos des nouveau-nés n'offre aucun caractère propre à le faire distinguer du tétanos qui survient plus ou moins long-temps après la naissance et dans les autres périodes de la vie, pour que l'on doive le considérer comme constituant une variété particulière.

Quelques auteurs ont encore divisé le tétanos en idiopathique et symptomatique : ils ont appelé *idiopathique*, celui qui tient à une irritation directe de la moelle épinière; *symptomatique*, celui qui se manifeste sous l'influence d'une irritation plus ou moins éloignée de ce centre nerveux.

Nous sommes loin de nier que de semblables causes ne puissent exercer une grande influence sur le développement du tétanos ou coexister avec lui; mais nous ne pensons pas que, toutes seules, elles soient à même de constituer cette affection. S'il en était ainsi, pourquoi dans l'arachnoïdite spinale, dans les premiers degrés de la myélite, et dans une foule de cas où la tige médullaire spinale est évidemment irritée, ne voit-on pas constamment survenir le tétanos? L'opinion qui attribue ce dernier à l'irritation de la moelle épinière n'est donc qu'une hypothèse, et l'on ne saurait conséquemment la faire servir de base à une distinction quelconque.

ÉTIOLOGIE.

Le tétanos reconnaît deux sortes de causes: 1° celles qui sont les plus propres à modifier le système vivant, de manière à faire naître une diathèse ou disposition tétanique ; 2° celles qui peuvent mettre en jeu cette disposition et la réaliser. Les premières sont nommées prédisposantes, et les secondes provocatrices ou occasionnelles.

I. *Causes prédisposantes.* On a recueilli un grand nombre d'observations sur une foule de causes capables de faire éclater l'affection tétanique ou d'en provoquer la manifestation; mais c'est vainement qu'on a jusqu'ici tâché d'en découvrir l'essence et d'en assigner les véritables causes. Nous disons que c'est vainement, car nous ne pensons pas qu'on puisse les rapporter d'une manière exclusive à tel âge, tel tempérament, telle constitution organique évidente, tel climat, telle saison, tel régime; en un mot, à tel ou tel agent modificateur, ni même au concours de telles ou telles actions connues, calculables, et pouvant être produites avec un résultat constamment identique. Toutefois, quoique les causes nommées prédisposantes par les auteurs n'offrent rien de spécial, bien que nous ne découvrions dans aucune d'elles la raison suffisante de la formation du tétanos, on ne peut douter que cette affection ne trouve, dans l'association de plusieurs de ces causes, des modifications plus ou moins favorables à son développement, et qu'il ne soit utile de tâcher d'apprécier leur influence.

Les principales sources d'aptitude au tétanos sont l'âge, le sexe, le tempérament, plusieurs états morbides, le régime, certaines habitudes, quelques affections morales, les climats, les saisons, diverses épidémies, etc.

1° Le tétanos peut se montrer à toutes les époques de la vie, mais il en est où il se déclare plus fréquemment, surtout lorsque l'influence de l'âge est fortifiée par celle du climat et de plusieurs autres modificateurs. Ainsi, dans les pays très-chauds, il sévit principalement chez les négrillons, et en Europe on croit qu'il attaque le plus souvent les enfants irritables, tourmentés par la dentition ou sujets aux maladies vermineuses. Toutefois, il est positif qu'en temps de guerre on compte plus de tétaniques parmi les adultes que chez les enfants en d'autres circonstances ; peut-être même n'est-il pas hors de vraisemblance, que, indépendamment du traumatisme, les affections morales, les fatigues, les excès et une foule d'autres causes d'excitabilité nerveuse et musculaire rendent l'aptitude au tétanos plus grande dans l'âge adulte que dans l'enfance. La fréquence des *spasmes cloniques* ou convulsifs, pendant le jeune âge, semble annoncer, du reste, que les enfants doivent être moins sujets aux spasmes toniques ou fixes ; tandis que l'époque où le système musculaire a une certaine prédominance et plus d'irritabilité, doit être plus favorable au développement de ces derniers. Cependant il existe un si grand nombre de modifications qui peuvent faire varier les conditions d'aptitude au tétanos provenant de l'âge, que nous devons éviter toute assertion exclusive à cet égard.

2° L'extrême sensibilité du sexe féminin semble devoir le rendre plus sujet au tétanos que le sexe opposé ; cependant il n'est aucun observateur, excepté M. Rochoux, qui ne dise l'avoir plus souvent rencontré chez les hommes que chez les femmes, et en général plutôt chez ceux qui ont éprouvé des causes débilitantes, que chez ceux dont les forces musculaires n'ont reçu aucune atteinte. Cette différence tient à ce que l'homme offre plus d'irritabilité ou de réaction musculaire que la femme, et qu'en outre, par le genre de ses occupations, il est plus en butte qu'elle à des influences à la fois irritatives et débilitantes.

3° La prédisposition tétanique n'est pas propre à tel ou tel tempérament, attendu qu'elle peut être acquise par des individus d'affectibilités très-diverses ; néanmoins elle se rencontre plus souvent chez les individus faibles et très-irritables.

4° Diverses affections morbides semblent contribuer puissamment à la formation de l'aptitude tétanique : l'une des plus actives est sans contredit l'atonie. « Les grandes évacuations, et en général les causes « affaiblissantes, dit M. le professeur Lordat, augmentent considéra- « blement l'irritabilité ; on en doit dire autant des longues maladies et « de l'âge tendre. Je ne sais pas comment l'école de Haller conçoit ce « fait ; pour nous, il entre naturellement dans ce beau principe de « pathologie dont l'école de Montpellier peut se glorifier, qui est la « distinction des forces radicales ou en puissance et des forces agis- « santes. Les impressions malfaisantes sont appréciées par le système « vivant, non par l'intensité de ces impressions, mais par le danger « que court l'agrégat, eu égard au degré de la puissance qui le con- « serve. Si le sujet est fort, vigoureux, que lui font quelques agaceries « sur les muscles ?.... Mais s'il est délicat, faible, radicalement « débile, toute impression insolite semble le menacer, il répond « violemment et repousse la cause, ou exprime le mal-être qu'elle « détermine en lui avec une véhémence alarmante......... Les « chirurgiens savent bien que, dans les armées, ce ne sont pas les « soldats les plus forts qui ont à craindre le tétanos, ce sont les plus « faibles........ (1). »

L'état de stupéfaction qui accompagne les blessures graves ou le

---

(1) Leçons de physiologie sur les fonctions privées du système musculaire chez l'homme. Montpellier, 1835.

traumatisme, paraît devoir figurer au rang des causes prédisposantes les plus directes, surtout au moment où se prépare la réaction.

La présence des vers, de la bile ou d'autres produits irritants dans le tube digestif peut, quand elle est fréquente ou habituelle, faire naître dans les intestins une excitabilité permanente, très-propice au développement de la disposition tétanique.

L'hystérie, l'hypocondrie, et généralement toutes les affections nerveuses, peuvent être favorables à la formation de la diathèse tétanique.

5° L'abus des boissons alcooliques et un régime très-échauffant mais peu analeptique, les excès de table, un mauvais lait, des bouillies indigestes chez les enfants à la mamelle, des aliments de mauvaise qualité, rendent le corps plus irritable, et renforcent conséquemment les conditions au moyen desquelles celui-ci offre plus de prise au développement du tétanos.

6° Les habitudes capables d'épuiser les forces et d'accroître en même temps l'irritabilité doivent être regardées comme très-propres à la production de l'affection tétanique : les plus ordinaires sont les fatigues continuelles, les veilles excessives, l'abus des plaisirs vénériens, etc.

7° Les passions débilitantes, telles que la tristesse, l'amour malheureux, la nostalgie, la crainte, la peur, etc., peuvent aussi être considérées comme très-propres à faire naître la disposition tétanique, puisque, de même que les évacuations excessives, elles augmentent singulièrement l'irritabilité.

8° Le tétanos peut naître dans toutes les parties du globe ; mais celles où on l'observe le plus communément sont celles qui, comme les Antilles, se font remarquer par des alternatives d'une chaleur brûlante pendant le jour et d'une température fraîche et humide pendant la nuit.

« Le tétanos, dit Dazille, qui survient dans les régions équatoriales
« après une blessure, ne reconnaît, dans la plupart des cas, d'autre
« cause que la fraîcheur et l'humidité de l'air, à l'action duquel les

« blessés se livrent avec d'autant plus de plaisir dans tous les établisse-
« ments que, pendant la majeure partie de l'année, les chaleurs sont
« excessives et l'atmosphère est brûlante (1). »

Biltinger assure que, dans la Caroline méridionale, il attaque principalement les nègres, qui, obligés de travailler à l'ardeur du soleil, sont surpris dans cet état par des pluies froides.

M. Larrey rapporte qu'ayant été obligé de placer des militaires blessés, dans un hôpital du Caire dont les murs étaient baignés par les eaux du Nil pendant trois mois de l'année, il eut la douleur de les voir périr en grande partie du tétanos traumatique. L'influence que les climats chauds et humides exercent sur la production de l'affection tétanique est facile à concevoir, quand on considère combien la chaleur et l'humidité long-temps prolongées énervent le corps et accroissent l'excitabilité musculaire.

9° L'automne est la saison la plus féconde en tétanos, soit à cause qu'elle succède aux chaleurs de l'été, soit à raison des vicissitudes atmosphériques qui s'observent si fréquemment dans son cours. C'est surtout dans les temps d'orage, alors que l'atmosphère est remplie de fluide électrique, que se déclare plus facilement la disposition tétanique. L'influence des saisons se fait sentir plus particulièrement chez les individus mal vêtus, mal nourris et mal abrités : ce sont là les principales causes dont le concours, au dire des médecins américains, rend chaque année le tétanos si meurtrier parmi les négrillons.

10° Bien que la chaleur combinée avec l'humidité puisse exercer une part très-active dans la production ou le développement de l'aptitude tétanique, nous avons lieu de présumer que d'autres conditions inconnues de l'atmosphère jouent, à cet égard, un rôle encore plus actif; nous voulons parler de celles qui peuvent faire régner le tétanos d'une manière épidémique. Qu'on lise, en effet, la relation de Schmucker sur le tétanos qui, en 1766, fit périr un grand nombre de soldats en Bohême et en Moravie; que l'on consulte les mémoires

---

(1) Observ. sur le tétanos, 1788.

de Trnka, de Laurent, de M. Liébault et de plusieurs chirurgiens militaires, et l'on verra que les épidémies de tétanos, quoique plus communes pendant les fortes chaleurs, se montrent quelquefois pendant le froid, et que le principe qui leur communique le caractère épidémique n'est pas plus facile d'être déterminé dans cette circonstance que celui de toutes les autres épidémies.

II. *Causes occasionnelles.* Ces causes sont celles qui provoquent la manifestation de l'affection tétanique. Parmi les causes de ce genre, nous trouvons en première ligne toutes les blessures de quelque espèce qu'elles soient, même les plus simples, lorsque le blessé réunit les conditions qui disposent au tétanos. Une piqûre d'épingle, d'aiguille ou de tout autre corps acéré, surtout à la plante des pieds, peut suffire alors pour le faire développer. M. Larrey a vu, en Egypte, un cas dans lequel le tétanos apparut sous l'influence provocatrice d'une irritation produite par une petite arête de poisson qui s'était logée dans le pharynx. J'ai vu, l'été dernier, à l'hôpital militaire de Bougie (Afrique), dans les salles de mon excellent ami M. Robert, médecin en chef de cet établissement, un cas de tétanos qui survint chez un sapeur du génie à la suite d'une légère piqûre qu'il s'était faite au pied avec un clou. L'aptitude tétanique étant moins prononcée dans les pays froids que dans les pays chauds, il est rare que les causes traumatiques légères y deviennent des causes de manifestation, à l'exception néanmoins de celles qui piquent ou divisent incomplétement quelque filet nerveux. « Dans les pays froids, dit Samuel Cooper, on ne voit
« guère le tétanos qu'à la suite des plaies contuses ou déchirées ou des
« plaies par instruments piquants; dans les plaies des articulations ginglymoïdales avec déchirure des tendons et des ligaments, dans les
« luxations, les fractures compliquées, etc. (1). »

Hillary, Fournier-Pescay, M. Larrey et un grand nombre d'autres praticiens ont observé le tétanos à la suite de la ligature des nerfs dans

---

(1) Dict. de chirurg. prat.

les amputations. Plenk, Percy, Boyer l'ont vu paraître peu de temps après la ligature du cordon spermatique. La présence d'une esquille ou de tout autre corps étranger au sein de nos organes devient souvent une cause provocatrice et très-active, surtout lorsque des filets nerveux se trouvent intéressés. Dupuytren dit avoir vu un jeune homme périr d'un tétanos provoqué par un violent coup de fouet, dont le nœud détaché de la mêche était resté inséré dans le nerf cubital. Enfin, nous devons signaler au nombre des provocations les plus actives les plaies par arrachement, les fractures comminutives et surtout les plaies d'armes à feu accompagnées de grands désordres, les plaies venimeuses, etc.

Après les lésions par des causes physiques, traumatiques ou chimiques, les causes provocatrices les plus ordinaires sont : la brusque suppression de la transpiration ou d'une hémorrhagie habituelle, la répercussion d'un exanthème, une irritation de la membrane muqueuse qui tapisse le tube digestif, produite par la dentition, des vers, de la bile ou des glaires; de fortes émotions, etc. M. Dupuytren a vu, en 1830, après les journées de juillet, le tétanos se manifester chez des blessés, à l'occasion des coups de fusil, des pétards tirés autour de l'Hôtel-Dieu, en réjouissance de la victoire. On a remarqué aussi que le son argentin des cloches, le tocsin, les orages, les coups de tonnerre, les frottements agaçants, les bruits aigus, perçants, les surprises de toute espèce et particulièrement les frayeurs, les visites importunes ou intéressées l'excitent, dans les cas de traumatisme au plus haut degré.

J'observerai, en terminant, qu'il n'est pas toujours possible d'assigner une cause provocatrice sensible à la manifestation du tétanos, tant il éclate quelquefois d'une manière soudaine et spontanée! En pareil cas, l'aptitude tétanique, seule ou combinée avec une provocation intérieure, suffit à son développement.

SYMPTOMATOLOGIE.

Que le tétanos survienne spontanément ou à la suite d'une provocation appréciable, son début n'est point annoncé par des signes spéciaux, attendu que ceux que l'on a voulu donner comme tels précèdent également plusieurs autres maladies. Les symptômes avant-coureurs les plus ordinaires sont : la tristesse, l'insomnie, une excessive agitation morale, le sommeil pénible, la céphalalgie, le trouble des fonctions digestives, l'amertume de la bouche, le pouls irrégulier, la sécheresse de la peau, des bâillements, de l'impatience, des horripilations, des mouvements brusques, saccadés, des spasmes, des réveils en sursaut, des crampes passagères, des douleurs dans les muscles maxillaires, etc.

Chez les blessés, on observe, indépendamment de ces symptômes, divers changements dans les plaies : ainsi on observe qu'elles deviennent très-douloureuses, pâles, livides, sèches.

Parfois, avant que le tétanos éclate, les malades éprouvent de la roideur dans les muscles de la partie postérieure du cou, une sensation pénible dans la région dorsale, un *cercle plombé* autour des lèvres, une gêne plus ou moins marquée dans les mouvements et dans les contractions involontaires les plus fréquentes.

L'explosion du tétanos peut néanmoins avoir lieu d'une manière soudaine sans aucun symptôme précurseur. Dans le cas de traumatisme, cette explosion se fait tantôt quelques heures ou plusieurs jours après la blessure, tantôt au bout de plus d'un mois.

Lorsqu'il existe des accidents consécutifs capables d'entretenir ou d'augmenter la réaction musculaire, les muscles de la partie blessée présentent maintes fois les premiers accidents tétaniques. Fréquemment la maladie débute par la contraction fixe et involontaire des muscles élévateurs de la mâchoire inférieure : le rapprochement de cet os du maxillaire supérieur, effet inévitable de cette contraction, peut d'abord ne pas être porté au point de fermer complétement la cavité buccale ; mais il ne tarde pas à l'être, et dès ce moment les plus violents efforts briseraient plutôt les mâchoires que de les écarter.

Quoique resserrées à ce point, les arcades dentaires ne sont pas toujours dans un contact immédiat, en sorte que la bouche est un peu béante : cela se passe ainsi, lorsque la force de situation fixe a arrêté la contraction avant que les deux maxillaires aient pu se rencontrer. Dans les cas où cette rencontre s'est effectuée, il est impossible de faire parvenir des liquides dans la bouche autrement que par le moyen des sondes introduites par le méat inférieur des fosses nasales, ou par un espace inter-dentaire déjà existant, ou que l'on aura été forcé de pratiquer.

C'est toujours très-rapidement que la contraction douloureuse et permanente des muscles masticateurs arrive au plus haut degré ; très-rapidement aussi, la rigidité envahit les autres muscles de la face, et successivement ceux du cou, du dos, de l'abdomen, du thorax et des extrémités. Quelquefois cette succession a lieu dans un sens inverse ; le degré de roideur n'est pas le même pour l'ordinaire dans les diverses régions : aussi les muscles les moins affectés cèdent-ils au raccourcissement de leurs antagonistes, et déterminent de la sorte les formes diverses désignées sous les noms d'opisthotonos, de pleurosthotonos et d'emprosthotonos.

Dans quelque région qu'aient lieu les contractions tétaniques, elles sont accompagnées de douleurs très-vives. M. le docteur Liébault, qui a été atteint lui-même de tétanos, compare celles qu'il a éprouvées aux tiraillements aigus de certaines crampes. La rigidité musculaire et les souffrances cruelles qui l'accompagnent persistent quelquefois sans aucune rémission sensible jusqu'à la fin de la maladie ; quand elles diminuent, ce n'est que pour quelques minutes : la moindre émotion, un appel subit aux armes, le bruit du tambour, le son des trompettes, l'explosion des armes à feu leur donnent une nouvelle intensité.

Dans quelques cas très-rares elles se montrent sous forme d'accès, mais alors elles sont combinées avec une fièvre intermittente pernicieuse ; nous avons été à même d'observer en Afrique quelques cas de ce genre.

A cette excessive tonicité des muscles qui forme le symptôme vraiment caractéristique du tétanos, se joignent une foule de symptômes très-variables. Lorsque l'affection tétanique est franche ou exempte de fièvre le pouls est petit et concentré, dans le cas contraire il est précipité, irrégulier, et la respiration est fréquente et laborieuse.

Mais, dans le temps de rémission, l'un et l'autre se rétablisent à peu près dans leur état naturel. Quelquefois, pendant l'exacerbation des douleurs dont s'accompagne la rigidité musculaire, la figure s'anime ; l'œil devient saillant, fixe ; les joues sont ramenées en arrière par la contraction des buccinateurs et quelques fibres du peaucier ; les lèvres sont resserrées ou écartées; la physionomie exprime le rire sardonique, ou subit des changements qui la rendent méconnaissable; la langue se contracte et se porte avec force contre les arcades dentaires ; les douleurs arrachent au malade des plaintes d'autant plus pénibles qu'elles sont mal articulées. La rigidité de tous les muscles inspirateurs et expirateurs, excepté le diaphragme qu'elle n'atteint pas, rend parfois le thorax preque immobile et la paroi antérieure de l'abdomen fort tendue. Les évacuations alvines sont tantôt supprimées, tantôt involontaires ; dans quelques circonstances l'appétit subsiste et les malades désireraient des aliments solides, sans le spasme des muscles maxillaires qui s'oppose à la mastication. Au milieu de cet état, les facultés intellectuelles sont, quand il n'existe pas de complications, exemptes de trouble.

La fièvre n'accompagne le tétanos purement spasmodique que lorsque l'éréthisme nerveux est assez intense pour réagir sur le système sanguin : dans ce cas-là elle est purement nerveuse.

Quelquefois elle se combine avec un état inflammatoire, mais il est rare, suivant Cullen, que cet état soit de nature très-aiguë : « On a « souvent eu recours à la saignée, dit cet auteur, dans cette maladie, « mais le sang n'a présenté jamais aucune croûte inflammatoire, « et toutes les observations semblent confirmer que le sang y est d'une « texture plus lâche que de coutume et qu'il ne se coagule pas comme « à l'ordinaire (1). »

Quelquefois le tétanos se combine avec une fièvre rémittente dont les paroxysmes coïncident avec les exacerbations des spasmes musculaires.

---

(1) Elém. de méd. prat., tom. II.

Lorsque l'état affreux dont nous venons d'esquisser le tableau résiste aux efforts réunis de la nature et de l'art, les symptômes, loin de diminuer, s'aggravent de plus en plus ; la respiration devient excessivement laborieuse, entrecoupée, convulsive ; le pouls, devenu encore plus faible qu'auparavant, est précipité, inégal, parfois même intermittent ; il survient du délire ou de l'assoupissement ; la peau se couvre d'une sueur froide, les forces s'épuisent et la vie s'éteint....

COMPLICATIONS.

Les complications les plus ordinaires du tétanos sont : l'atonie, l'irritation produite par la présence de corps étrangers au milieu des tissus éminemment sensibles, les affections bilieuses, vermineuses, rhumatismales, catarrhales, exanthématiques, inflammatoires, etc. ; l'éréthisme, l'extrême sensibilité d'une plaie, d'une fracture ou de toute autre lésion physique, etc., etc,

DIAGNOSTIC DIFFÉRENTIEL.

Le tétanos a des caractères tellement tranchés qu'il n'est guère possible de le confondre avec les affections qui ont avec lui quelque analogie symptomatique. Ainsi, on évitera facilement de prendre pour un *trismus* le resserrement des mâchoires occasionné par une inflammation des articulations temporo-maxillaires ou de leur voisinage, en considérant que le véritable *trismus* est exempt de tout symptôme d'inflammation, et s'accompagne d'une rigidité des masséters, des crotaphytes et des ptérygoïdiens, qui n'a pas lieu dans les cas où l'ouverture de la bouche est empêchée par toute autre cause que le spasme de ces muscles.

On ne pourra pas confondre le tétanos avec le *catochus* de Galien, en ce que, dans le premier, les contractions sont fixes, continues, très-douloureuses et portées au plus haut degré ; tandis que, dans le second elles sont chroniques, intermittentes, exemptes de douleurs et beaucoup plus légères.

Le torticolis, le lumbago, les crampes, les contractures permanentes produites par des cicatrices, l'inflexibilité d'un membre produite par une ankylose ne sauraient nullement en imposer pour le tétanos, pour peu que l'on en compare l'origine, la marche et les symptômes avec les contractions si frappantes de l'affection tétanique.

Mais ce n'est pas tout pour le médecin d'être parvenu, soit directement, soit par voie d'exclusion, à constater l'existence du tétanos, il doit encore procéder à la détermination des caractères qui en constituent la nature, et de toutes les circonstances capables de la modifier. En procédant de la sorte, il appréciera l'âge du malade, ses forces, ses aptitudes, les causes extérieures ou intérieures dont il a subi l'influence, les provocations passées ou présentes, les affections morbides dominantes, en un mot, tout ce qui peut fournir des éclaircissements à la fixation des indications curatives.

PRONOSTIC.

Le tétanos est une affection très-grave, très-redoutable et très-souvent mortelle. Nous lisons dans un travail publié par le docteur anglais Blizard-Curling en 1836, que M. O'Beirne, sur deux cents tétaniques, n'en a pas vu guérir un seul ; M. Howship en a vu périr douze sur treize, et M. Dickinson, chirurgien à Grenade, neuf sur le même nombre.

Le tétanos traumatique, surtout celui qui est provoqué par des coups de feu, a pour l'ordinaire plus de gravité que celui qui se développe spontanément. Cette différence peut tenir à plusieurs causes, entre autres, aux atteintes directes que la plupart de ces lésions portent au système sensitif, ou à divers accidents dont elles s'accompagnent, comme les étranglements, la stupeur, la commotion, etc.

Le tétanos, s'il faut en croire M. Blizard, paraît moins grave chez la femme que chez l'homme. Sur les 128 cas d'un tableau pris au hasard par ce médecin dans ses recueils, il n'y a que 16 femmes, nombre qui est, à celui des hommes attaqués, dans la proportion de 1 à 8, et sur ces 16 cas, 4 seulement furent mortels.

Lorsque le tétanos attaque d'une manière brusque et arrive promptement à un très-haut degré d'intensité, il peut faire périr avant le quatrième jour. Van-Swieten cite le cas d'une affection tétanique qui ne dura que quelques instants.

Le docteur Robinson d'Edimbourg rapporte aussi qu'un nègre, qui fut pris de tétanos pour s'être écorché le pouce, mourut un quart d'heure après. Mais une acuité pareille est fort rare, et ce n'est pour l'ordinaire que vers le quatrième jour que le tétanos acquiert le plus complet développement.

En général, cette affection perd de sa gravité par sa durée; mais il ne faut pas croire, ainsi qu'on l'a cru d'après l'aphorisme d'Hippocrate que j'ai cité plus haut, que tout danger cesse après le quatrième jour: 53 cas du tableau dressé par M. Blizard devinrent funestes dans les huit jours qui suivirent l'apparition des symptômes, savoir: 11 le 1er jour après ce début, 15 le 2e jour, 8 le 3e, 7 le 4e, 3 le 5e, 4 le 6e, 3 le 7e, et 2 le 8e. La durée de l'affection ne se prolonge guère au-delà de dix à douze jours que dans un petit nombre de cas.

Morgagni ne cite qu'un seul fait de mort survenu plus de vingt jours après l'invasion du tétanos.

Le danger est plus grand chez les nouveau-nés et les vieillards que chez les adultes bien constitués.

La longue durée des contractions sans la moindre rémittence, l'altération profonde de la physionomie, le manque de chaleur à la peau, le pouls intermittent, précipité, vermiculaire, et des sueurs froides, visqueuses, annoncent une terminaison funeste. Lorsque, au contraire, les symptômes diminuent graduellement, que le ventre devient libre, la peau moite, le pouls régulier, les contractions moins fortes, moins douloureuses, il y a lieu d'espérer la guérison.

ANATOMIE PATHOLOGIQUE.

L'anatomie pathologique n'a découvert jusqu'à ce jour aucune altération particulière au tétanos, et ne nous a rien appris sur la nature de cette affection.

Plusieurs auteurs modernes, entre autres MM. Larrey, Castley, Magendie, Ollivier, disent avoir rencontré des traces d'inflammation dans la moelle dans le cas de tétanos; mais ils donnent peu ou point de détails à l'appui d'une assertion dont l'erreur tient évidemment à ce que ces médecins ont pris un effet ou une complication pour une cause.

S'il était vrai que le tétanos fût le résultat d'une inflammation de la partie antérieure de la moelle épinière (*tractatus motorius* de M. Blizard), on devrait toujours rencontrer des traces de myélite chez les individus qui succombent au tétanos; or, c'est ce qui n'a pas lieu dans le plus grand nombre des cas; tandis que dans une foule d'autres on trouve des dégradations qui attestent une inflammation antérieure, et pourtant il n'y avait eu aucun symptôme tétanique.

De l'aveu même de MM. Roche et Sanson, les ouvertures cadavériques ne nous ont nullement éclairé sur la nature du tétanos. « Assez « fréquemment, il est vrai, disent-ils, l'arachnoïde est assez enflammée « pour que quelques médecins n'hésitent pas à regarder les symptômes « du tétanos comme dépendant de cette inflammation; mais l'arach-« noïdite rachidienne a été observée sans symptômes de tétanos, et « réciproquement le tétanos a été vu nombre de fois sans vestiges de « cette phlegmasie; d'où nous pouvons conclure que le tétanos ne « dépend pas de cette inflammation. » Il est à présumer, ajouterons-nous, à notre tour, que les médecins qui n'ont vu dans le tétanos que l'effet d'une arachnoïdite, doivent avoir pris de très-légères injections de quelques vaisseaux méningés pour des indices d'inflammation; ce qui nous donne cette présomption, c'est que dans les autopsies cadavériques faites sans opinions préconçues, on a rarement constaté les traces d'une véritable arachnoïdite.

L'altération que M. Blizard dit avoir rencontrée le plus souvent, c'est un épanchement séreux dans la cavité de l'arachnoïde; néanmoins ce médecin n'en conclut pas que ce soit là l'origine du tétanos, par les raisons sans doute qu'on ne trouve pas cette espèce d'hydrorachis dans tous les cas de tétanos, et qu'en outre, une matière séreuse qui comprimerait la moelle, produirait plutôt une paralysie qu'un excès de contractilité. Dans plusieurs cas, surtout dans ceux où le tétanos a eu une marche très-rapide, la moelle épinière ni aucune autre partie du corps n'ont pas offert la plus légère trace d'altération.

En résumé, quand on a consulté toutes les investigations anatomo-pathologiques qui ont eu pour objet de découvrir la nature du tétanos, on est forcé d'avouer qu'on ne connaît aucune altération particulière à cet état morbide. Disons donc avec M. le professeur Lordat : « que « l'accroissement excessif du ton des muscles dans cette maladie n'est « que la manifestation d'une affection profonde, et que cette affection « morbide peut, comme celle de la rage, de la peste et de tant « d'épidémies meurtrières, éteindre directement la vie sans aucune « corruption viscérale, sans aucune altération anatomique des organes « essentiels ou nobles (1). »

Toutefois, si l'anatomie pathologique est muette sur la cause essentielle du tétanos, on ne peut disconvenir qu'elle ne nous éclaire sur quelques-unes de ses causes provocatrices ou de ses complications, comme par exemple certaines lésions traumatiques, la présence des vers dans le tube digestif, diverses altérations de la moelle épinière ou de ses enveloppes, etc.; elle concourt aussi à nous prouver, par rapport au siége des contractions tétaniques, qu'elles sont circonscrites aux muscles soumis à l'empire de la volonté, et conséquemment que le cœur, le diaphragme et les membranes musculaires des intestins n'y participent point. Cette preuve ressort de l'absence de toute altération dans ces parties, tandis que les muscles qui ont subi les contractions se trouvent maintes fois ecchymosés et dilacérés.

DE LA NATURE DU TÉTANOS.

Trop pressé pour discuter les divers points qui se rattachent à l'appréciation de la nature du tétanos, je me bornerai à prendre à cet égard les conclusions suivantes.

1° D'après le caractère spasmodique des symptômes propres au

---

(1) Ouvrage cité.

tétanos, on ne peut douter que l'affection de laquelle ils dérivent et dont ils sont l'expression ne soit une affection essentiellement nerveuse.

2° D'après l'état actuel de nos connaissances sur le rôle que joue la partie antérieure de la moelle épinière dans l'exercice des mouvements volontaires, il est à présumer que l'affection tétanique, bien que intéressant le système entier, porte plus particulièrement son action sur cette partie de l'axe cérébro-spinal.

3° D'après le genre des causes qui sont reconnues les plus propres au développement du tétanos ; d'après la preuve que nous avons qu'il attaque de préférence les personnes affaiblies ou d'une constitution délicate; d'après les insuccès des anti-phlogistiques, dans tous les cas exempts de complications inflammatoires, il y a lieu de classer l'affection tétanique simple parmi les asthénies.

4° En considérant la rapidité avec laquelle le tétanos frappe presque toujours ses victimes, on ne saurait supposer que cette affection ne soit autre chose qu'une névrose de la moitié antérieure de la moelle épinière et des muscles qui en sont innervés : on ne pourrait point, avec cela, se rendre compte des morts presque foudroyantes que l'on observe dans un très-grand nombre de cas. Pour que le tétanos soit aussi grave, aussi redoutable, il faut donc reconnaître que, dans cette affection, ce n'est pas seulement la partie du système nerveux considérée comme la source de l'innervation musculaire ou du ton des muscles qui se trouve atteinte, mais bien tout le système sensitif, ou pour mieux dire les sources les plus profondes de la vie (innervation, sanguinification, nutrition, etc.).

TRAITEMENT.

Le traitement du tétanos est prophylactique ou curatif.

Traitement prophylactique. Ce traitement n'a rien de spécial; il consiste à se conformer aux règles de l'hygiène en général, et aux préceptes qui peuvent être déduits de la connaissance que nous avons des principales causes prédisposantes du tétanos. Dans tous les temps et dans tous les lieux, les conditions morbides qui peuvent favoriser le développement du tétanos exigent l'emploi des mêmes précautions et des mêmes moyens thérapeutiques, soit que l'on ait à craindre cette affection, soit qu'on n'ait pas lieu d'y songer. Mais lorsqu'elle règne épidémiquement et qu'il s'agit d'un individu affaibli et très-irritable, il faut redoubler de soins et d'attentions pour éloigner de lui toutes les influences débilitantes et excitatrices. C'est dans ces cas surtout que la plus petite plaie sera traitée le plus méthodiquement possible, que les blessés éviteront les transitions brusques du chaud au froid, que l'on surveillera l'état des premières voies; en un mot, qu'on fera en sorte de les mettre à l'abri de toutes les influences extérieures ou intérieures dont il a été question dans l'étiologie.

Traitement curatif. Il est peu d'affections dans lesquelles on ait essayé autant de remèdes que dans le tétanos : saignées générales abondantes et répétées, nombreuses applications de sangsues, ventouses scarifiées à la nuque et tout le long de la colonne vertébrale, bains chauds, bains tièdes prolongés, bains alcalins, douches, frictions mercurielles, électricité, vésicatoires, opium, belladone, aconit, stramonium, sédatifs et contro-stimulants de toute espèce, sudorifiques, etc.; en un mot, on a eu recours non-seulement à tous les moyens que nous fournit la matière médicale, mais encore à ceux de la diététique, et même à quelques-uns de ceux que nous offre la thérapeutique chirurgicale. Mieux sans doute aurait valu qu'au lieu d'essayer tant de moyens et de s'abandonner si souvent à un aveugle empirisme, on se fût servi du flambeau de l'analyse pour bien saisir les indications. En thérapeutique, on ne devrait jamais perdre de vue que le luxe de remèdes n'est qu'une richesse apparente qui annonce moins l'abondance que la pénurie, moins le progrès que la confusion. Qu'importe, en effet, que l'on possède un grand nombre de moyens curatifs, si l'on ne connaît pas dans quelles circonstances ils sont indiqués, et si l'on est exposé à les prescrire précisément dans celles où ils ne sauraient convenir ?

I Quoique le tétanos soit une affection dans laquelle la nature livrée a elle même produise très-rarement une solution heureuse (1), on ne doit pas négliger de prendre en considération certains actes qui sont en quelque sorte démonstratifs d'une tendance sanitaire. Ainsi, dans le tétanos survenu à la suite de l'impression du froid, il peut se déclarer une réaction qui tende non-seulement à rétablir les mouvements excentriques, mais encore à déplacer la fluxion dirigée probablement vers la moelle épinière, et à faire renaître l'harmonie dans l'organisme au moyen d'une diaphorèse. En pareil cas, l'indication serait de favoriser la réaction par des anti-spasmodiques, et surtout par l'opium, s'il existait une irritation nerveuse ou un excès de sensibilité ; par des boissons tempérantes, s'il existait un éréthisme sanguin ; et par des sudorifiques proprement dits, si le tétanos a été provoqué par une affection catarrhale.

II. Les indications déduites de la méthode analytique se rapportent : 1° au tétanos lui-même, 2° à ses complications.

1° L'affection tétanique me paraît composée de deux affections élémentaires dans son état le plus simple : l'une, nerveuse, produit dans les muscles un excès de ton ou de contractilité ; l'autre, asthénique, prostrative ou maligne, s'oppose à la distribution régulière des forces, favorise leur concentration sur le système musculaire, et attaquant celles qui sont radicales, menace de les anéantir.

L'excitabilité nerveuse, qui constitue la première, devra être combattue par les moyens que l'expérience a proclamés les plus propres à la diminuer ; ces moyens sont : les anti-spasmodiques directs, l'opium, et divers stupéfiants, tels que le stramonium, la jusquiame, la belladone et le tabac.

Les anti-spasmodiques directs sont : le musc, le castoréum, l'éther,

---

(1) M. Blizard n'a recueilli dans les auteurs que six exemples de tétanos guéri sans traitement.

les eaux distillées de tilleul, d'oranger, de menthe, le camphre, etc. De tous ces moyens, le musc et le camphre, associés à l'opium, sont ceux que l'on a le moins employés, et qui pourtant mériteraient de l'être si j'en juge par ce que j'ai vu et d'après ma propre expérience.

De tous les sédatifs, l'opium est celui qui a été le plus préconisé. Dupuytren le prescrivait dans le tétanos traumatique, à la dose de dix ou douze grains à la fois, et soutenait ensuite son action par l'administration de quatre ou cinq grains, toutes les deux heures. M. Blizard est en opposition complète avec ce mode curatif; il s'attache à démontrer que quand l'opium réussit à calmer les spasmes, il produit toujours en même temps du narcotisme, et que si au bout de quelque temps de son emploi on n'en obtient pas du succès, c'est perdre un temps précieux que de le continuer.

Il y a même de fortes raisons, suivant lui, qui porteraient à soupçonner que quand on administre ces fortes doses, elles ne parviennent pas dans le torrent circulatoire : ainsi, dit-il, M. Abernethi, ouvrant l'estomac d'un malade qui avait succombé au tétanos, y trouva trente gros d'opium non dissous.

Pour notre compte, nous pensons que chez les individus qui ne sont pas très-affaiblis ou affaissés, on doit commencer à donner l'opium à des doses assez élevées ; mais qu'il est prudent de le discontinuer si, après en avoir administré vingt-cinq ou trente grains en plusieurs prises, on ne voit pas la moindre diminution des spasmes musculaires. Des doses plus élevées pourraient détruire l'irritabilité de l'estomac et aggraver la prostration des forces.

Pour que l'opium ne constipe pas, il est bon de le combiner avec du calomel. Howship s'est très-bien trouvé de son association avec la scammonée.

Le stramonium, la jusquiame et la belladone peuvent, aussi bien que l'opium, amortir l'irritabilité ou la réaction du système musculaire ; mais on ne doit les essayer qu'avec beaucoup de circonspection, crainte que leur effet stupéfiant ne soit porté trop loin et qu'il n'en résulte une véritable intoxication.

Plusieurs médecins anglais, notamment MM. Earle, O'Beirne et
Blizard, rapportent des guérisons de tétanos obtenues au moyen du
tabac. S'il faut les en croire, l'expérience leur a prouvé que cette
substance relâche plus promptement et plus sûrement les muscles que
tous les moyens préconisés jusqu'à ce jour ; ils la prescrivent sous
forme d'un lavement composé d'un scrupule de feuilles infusées dans
huit onces d'eau, que l'on répète deux ou trois fois par jour et quelquefois plus souvent, autant que les spasmes l'exigent. « Je n'ai pu,
« dit M. Blizard, réussir à trouver un seul cas de tétanos où ce moyen,
« employé d'une manière complète et convenable avant l'affaiblisse-
« ment des forces vitales, ait échoué. Si l'on trouve un plus grand
« nombre de cas de succès pour l'opium, c'est qu'il a été employé un
« plus grand nombre de fois. Je ne veux pas dire par là que le tabac,
« alors même qu'on l'emploiera judicieusement de bonne heure, réus-
« sira toujours ; je crois, au contraire, que le tétanos est une de ces
« affections qui quelquefois résistent à tous les genres de traitement ;
« mais je n'en regarderai pas moins le tabac comme le meilleur remède
« que nous possédions à présent dans cette affection. »

Je n'ignore pas que le tabac possède une propriété stupéfiante, mais
je la crois très-inférieure à une autre propriété dont il jouit également
et qui lui est tout-à-fait opposée : je veux parler de sa propriété stimulante. C'est à raison de cette dernière qu'on l'administre contre les
étranglements herniaires par engoûement, pour solliciter la contractilité intestinale. Il se pourrait donc que les succès du tabac dans le
tétanos fussent plutôt le résultat d'une action perturbatrice ou
révulsive, que d'une action directe et stupéfiante sur le système
nerveux.

L'élément asthénique du tétanos mérite la plus sérieuse attention :
c'est ordinairement vers le troisième ou quatrième jour qu'il acquiert
une importance égale, sinon supérieure, à l'élément spasmodique.
Pour en prévenir les progrès, on doit, dès le début même du
tétanos, prescrire divers moyens propres à relever les forces et à s'opposer à leur direction vicieuse sur les muscles. Les moyens les plus

convenables à cet effet sont : la résine de quinquina (1), la serpentaire de Virginie, l'arnica, l'absinthe, la cannelle, l'angélique, la valériane, etc.

3° Parmi les complications du tétanos traumatique, l'une des plus fréquentes c'est l'excitabilité sanguine qui accompagne la réaction produite par la blessure. Si cette réaction était trop forte, il faudrait la modérer par quelques anti-phlogistiques ; mais on ne saurait être trop réservé sur l'emploi de la saignée dans le traitement du tétanos, attendu qu'en voulant combattre avec trop d'énergie l'élément inflammatoire qui peut le compliquer, on risquerait d'aggraver l'élément asthénique. Les émissions sanguines trop abondantes ou trop souvent répétées auraient d'ailleurs l'inconvénient de mettre la nature dans l'impossibilité de répondre aux sollicitations de l'art, et d'éteindre les mouvements fébriles si propres à résoudre le spasme.

Spasmo aut tetano vexato febris si accesserit morbum solvit. (Hipp.) Le tartre-stibié à haute dose, l'acide hydro-cyanique, les frictions mercurielles et d'autres moyens que l'école italienne décore du titre de contre-stimulants, ont été aussi recommandés par plusieurs médecins contre la complication inflammatoire du tétanos ; mais leur action débilitante doit nous rendre très-circonspects sur son emploi.

Les affections bilieuses, catarrhales, vermineuses, rhumatismales, et une foule d'autres, quand elles compliquent le tétanos, deviennent des sources d'indication et doivent être combattues par les moyens qui sont appropriés à leur nature.

De toutes les complications qui peuvent se présenter dans le tétanos, l'une des plus fréquentes nous paraît être l'excitabilité de la moelle épinière, avec la fluxion qui en est la suite. Cette excitabilité s'annonce quelquefois par des douleurs cervicales, dorsales ou lombaires ; mais ces symptômes n'auraient-ils pas lieu, la connaissance du rôle fonc-

---

(1) De toutes les préparations de quinquina c'est la moins excitante, mais son action tonique est plus sûre ; en outre, loin d'empêcher la liberté du ventre, elle la favorise.

tionnel de l'organe médullaire et des épanchements séreux qui, comme la nécropsie nous l'a prouvé, s'y forment très-souvent, ne permet pas de douter que cet organe ne soit maintes fois le siége d'une excitation nerveuse plus ou moins forte. On peut chercher à la déplacer par des attractifs qui ne soient pas trop stimulants, attendu que tout ce qui agace trop vivement le système nerveux augmente en général l'irritabilité. Les attractifs qui m'ont paru être les plus avantageux sont : des cataplasmes de farine de lin et de moutarde, des frictions avec des liniments camphrés et opiacés, l'application plus ou-moins prolongée de deux vessies pleines d'eau chaude sur divers points des membres inférieurs, etc.

III. Les méthodes perturbatrices ne sauraient convenir dans une affection dont l'un des caractères principaux est une telle aptitude à l'irritabilité, que la moindre secousse suffit pour l'accroître outre mesure.

Quant au traitement spécifique, nous n'en connaissons aucun qui mérite ce nom. L'opium et les sédatifs, dont nous avons parlé, combattent sans doute avantageusement quelquefois l'élément spasmodique du tétanos ; mais s'ils se montrent si souvent inefficaces, c'est qu'ils n'attaquent qu'une partie de l'affection, encore même n'est-ce pas probablement d'une manière directe ou spéciale.

Lorsque le *trismus* s'oppose à l'ingestion des médicaments, on peut les injecter à travers un espace inter-dentaire, par les fosses nasales ou bien dans l'anus. S'il arrivait qu'on ne pût les faire parvenir par aucune de ces voies, on aurait recours à la *méthode endermique*.

TRAITEMENT CHIRURGICAL
APPLICABLE AU TÉTANOS TRAUMATIQUE.

Le traitement de cette espèce de tétanos est médical et chirurgical. Le traitement médical est absolument le même que celui que nous venons d'exposer ; quant au traitement chirurgical, voici les principaux préceptes d'après lesquels il doit être dirigé.

1° Il importe d'extraire les corps étrangers qui entretiennent l'irritation des plaies.

2° On ne doit pas négliger de faire des incisions convenables, soit pour débrider les parties étranglées, soit pour faire cesser les tiraillements qui résultent de la section incomplète des nerfs.

3° Il faut changer, par l'amputation, des plaies avec fracture comminutive et attrition des parties molles, en des plaies simples : toutefois ce précepte ne me semble pas d'une application bien rigoureuse. L'amputation peut, en effet, convenir comme moyen préventif dans une épidémie de tétanos ; mais dès que cette affection est déclarée, l'ablation du membre ne saurait pas plus détruire l'affection tétanique, que celle d'un doigt mordu ne détruirait la rage déclarée, que celle du pénis ne ferait disparaître une syphilis constitutionnelle.

A la vérité, l'irritation des filets nerveux et des fibres musculaires, par des esquilles, est une provocation incessante, une vraie complication. Le raisonnement semble donc conseiller d'en débarrasser le malade........ mais malheureusement l'expérience dit le contraire ; du moins, jusqu'ici on ne connaît aucun fait bien avéré de guérison par ce moyen extrême.

4° On doit réunir généralement par première intention.

5° Il importe de bannir du traitement des plaies non susceptibles d'être réunies immédiatement, toutes les substances irritantes, de combattre leur inflammation, etc.

6° Enfin, on observera l'état moral du malade, et on lui prouvera, par des soins assidus, qu'on n'a rien de plus à cœur que son soulagement.

FIN.

SERMENT.

En *présence des Maîtres de cette École, de mes chers Condisciples et devant l'effigie d'Hippocrate, je promets et je jure, au nom de l'Être Suprême, d'être fidèle aux lois de l'honneur et de la probité dans l'exercice de la Médecine. Je donnerai mes soins gratuits à l'indigent, et n'exigerai jamais un salaire au-dessus de mon travail. Admis dans l'intérieur des maisons, mes yeux ne verront pas ce qui s'y passe; ma langue taira les secrets qui me seront confiés; et mon état ne servira pas à corrompre les mœurs, ni à favoriser le crime. Respectueux et reconnaissant envers mes Maîtres, je rendrai à leurs enfants l'instruction que j'ai reçue de leurs pères.*

Que les hommes m'accordent leur estime, si je suis fidèle à mes promesses! Que je sois couvert d'opprobres et méprisé de mes confrères, si j'y manque!

Matière des Examens.

1er *Examen.* Physique, Chimie, Botanique, Histoire naturelle des médicaments, Pharmacie.
2e *Examen.* Anatomie, Physiologie.
3e *Examen.* Pathologie externe et interne.
4e *Examen.* Matière médicale, Médecine légale, Hygiène; Thérapeutique.
5e *Examen.* Clinique interne et externe, Accouchements.
6e *et dernier Examen.* Présenter et soutenir une Thèse.

Faculté de Médecine
DE MONTPELLIER.

PROFESSEURS.

MM. CAIZERGUES, Doyen. — *Clinique médicale.*
BROUSSONNET. — *Clinique médicale.*
LORDAT, Président. — *Physiologie.*
DELILE. — *Botanique.*
LALLEMAND. — *Clinique chirurgicale.*
DUPORTAL. — *Chimie médicale.*
DUBRUEIL. — *Anatomie.*
— *Pathologie chirurgicale, Opérations et Appareils.*
DELMAS. — *Accouchements, Maladies des femmes et des enfants.*
GOLFIN, *Examinateur.* — *Thérapeutique et matière médicale.*
RIBES. — *Hygiène.*
RECH. — *Pathologie médicale.*
SERRE. — *Clinique chirurgicale.*
BERARD. — *Chimie générale et Toxicologie.*
RENÉ, *Suppléant.* — *Médecine légale.*
RISUENO D'AMADOR. — *Pathologie et Thérapeutique générales.*

Professeur honoraire : M. Aug.-Pyr. DE CANDOLLE.

AGRÉGÉS EN EXERCICE.

MM. VIGUIER.
KÜNHOHLTZ.
BERTIN.
BROUSSONNET.
TOUCHY.
DELMAS.
VAILHÉ.
BOURQUENOD, *Suppléant.*

MM. FAGES.
BATIGNE.
POURCHE, *Examinateur.*
BERTRAND.
POUZIN.
SAISSET, *Examinateur.*
ESTOR.

La Faculté de Médecine de Montpellier déclare que les opinions émises dans les Dissertations qui lui sont présentées, doivent être considérées comme propres à leurs auteurs; qu'elle n'entend leur donner aucune approbation ni improbation.

Milton Keynes UK
Ingram Content Group UK Ltd.
UKHW041056241024
450026UK00018B/312